INSTITUT DE FRANCE.

ACADÉMIE DES SCIENCES.

INAUGURATION DU MONUMENT

DE

JEAN DE LAMARCK

AU MUSÉUM D'HISTOIRE NATURELLE

Le dimanche 13 juin 1909.

PARIS,

GAUTHIER-VILLARS, IMPRIMEUR-LIBRAIRE

DES COMPTES RENDUS DES SÉANCES DE L'ACADÉMIE DES SCIENCES,

Quai des Grands-Augustins, 55.

M CM IX

INSTITUT.
1909. — 11.

DISCOURS

DE

M. EDMOND PERRIER

MEMBRE DE L'INSTITUT,
DIRECTEUR DU MUSÉUM.

MONSIEUR LE PRÉSIDENT DE LA RÉPUBLIQUE,
MESSIEURS,

Pour avoir rendu vraisemblable, à force d'arguments patiemment et habilement rassemblés, l'idée que les ressources de forces et de substances de notre globe ont eu la puissance de créer l'infinie variété des formes vivantes, et de maintenir séparées leurs lignées durant de longues suites de générations, Charles Darwin eut en Angleterre des funérailles nationales et fut inhumé à Westminster; dans quelques jours, l'Université de Cambridge fêtera en grande pompe le centième anniversaire de la naissance de son glorieux élève. Par une remarquable coïncidence, cette même année 1909 est aussi le centième anniversaire de la publication d'une œuvre française capitale : la *Philosophie zoologique,* où Jean de Lamarck proclama que les êtres vivants sont l'œuvre graduelle de la Nature; qu'après avoir formé les plus simples d'entre eux, elle a su les modifier, les compliquer, suivant les temps et les lieux, et que le corps humain lui-même, en tant que forme matérielle, a été soumis aux lois qui ont dominé cette grandiose évolution. Déjà il appuie sur des arguments particulièrement pénétrants et qui sont demeurés debout, après cent ans écoulés, cette doctrine, si neuve, si puissante, si haute, désormais si magnifiquement victorieuse ; mais les esprits ne sont pas encore prêts pour de telles audaces.

Sans doute, au siècle suivant, l'œuvre analogue de Darwin ne triomphera pas d'un seul coup ; à côté d'un indescriptible enthousiasme, elle suscitera d'ardentes critiques, mais elle ne laissera personne indifférent ; chacun voudra la connaître, la discuter, elle pénétrera jusque dans les masses, elle s'emparera de la politique, créera des formes de langage particulières ; quelques-uns tenteront même d'édifier sur ses principes une théorie nouvelle du progrès et d'en dégager une sorte de morale scientifique. L'œuvre de Lamarck ne s'est pas développée au milieu de ces bruits de bataille ; presque tous ses contemporains l'ont ignorée ; si quelques-uns prirent la peine de la lire, ce fut dans un sentiment d'ironique curiosité et pour la couvrir de sarcasmes ; les plus indulgents la considéraient comme un égarement qu'il fallait pardonner à un savant solitaire, à un incorrigible rêveur, en raison de ses grands travaux de détail et du nombre inouï des espèces inconnues avant lui qu'il avait nommées. Cette œuvre de folie était l'ombre fâcheuse qui venait assombrir l'auréole de celui qu'on croyait flatter en l'appelant le Linné français, et, jusqu'à l'âge de quatre-vingt-cinq ans, Lamarck vieillit découragé, aveugle, abandonné sauf de quelques amis comme Geoffroy Saint-Hilaire, de sa famille directe dont nous saluons ici les descendants, et surtout sa fille Cornélie, touchante consolatrice qui berçait le vieillard désenchanté en évoquant pour lui le rêve d'une postérité admiratrice et reconnaissante.

Le rêve se réalise aujourd'hui. Avec un remarquable talent, le maître sculpteur Fagel a fixé dans le bronze la légende contée par Geoffroy Saint-Hilaire, et la statue qui va se dresser devant l'entrée principale du Muséum est un témoignage enthousiaste de l'admiration des savants des deux mondes. La plupart ont répondu à l'appel des professeurs du Muséum par des lettres vibrantes, accompagnant l'offrande qu'ils adressaient à M. le professeur Joubin, auquel on ne saurait être trop reconnaissant du zèle qu'il a déployé pour le succès de cette œuvre de réparation; beaucoup — et à leur tête S. A. S. le prince Albert de Monaco, associé étranger de l'Académie des Sciences — ont tenu à ajouter par leur présence au prix d'une manifestation qui se double, pour notre pays, d'un mouvement de sympathie dont nous sommes à la fois très fiers et très touchés. Je les remercie au nom de l'Institut de France, auquel Lamarck a appartenu pendant près de quarante ans, au nom du Muséum, au nom des savants français qui nous ont apporté leur concours. En acceptant de présider cette cérémonie, vous avez, Monsieur le Président de la République, donné à la Science française et au Muséum une marque nouvelle et inoubliable de cette incessante bienveillance à laquelle se complaît votre esprit si hautement libéral, et nous prions les Souverains dont les représentants vous entourent, MM. les Membres du Gouvernement, du Parlement, du Conseil municipal de Paris et du Conseil général de la Seine qui sont ici d'être assurés que nous attachons toute sa valeur à ce témoignage d'intérêt pour des Sciences dont les découvertes ont transformé les idées de l'homme sur sa place dans la Nature, son rôle dans le monde, ses devoirs envers lui-même et ont fourni des bases nouvelles à ses conceptions sociales.

Les progrès de la mentalité humaine ne semblent pas s'accomplir avec la lenteur uniforme et méthodique chère aux philosophes de l'harmonie et de l'ordre universels. A de longues somnolences succèdent de brusques réveils durant lesquels une sorte de tumultueuse fermentation agite les esprits les plus divers. La seconde moitié du xviiie siècle semble avoir été une de ces périodes d'efforts pour la conquête de formules nouvelles. Tandis qu'en politique le droit de tous les hommes à une égale indépendance s'oppose au droit divin

1.

d'un seul à la domination, une armée de philosophes scrute les dogmes intangibles ; les littérateurs secouent le volontaire esclavage dans lequel leurs prédécesseurs du xviie tenaient enchaînée leur fantaisie et, pendant que se prépare la chute du trône de France, Lavoisier crée une Chimie nouvelle, Laplace publie son *Exposition du Système du monde,* Carnot pose les bases de la *Théorie mécanique de la chaleur* qui va faire crouler la vieille croyance aux fluides subtils ; l'Électricité fait son entrée dans la Science et, au Jardin des Plantes même, du Fay appelle l'attention sur sa double nature. Les Sciences naturelles participent superbement à ce renouveau de la pensée humaine. Depuis 1627, un édit de Louis XIII a créé sur la rive gauche de la Seine, presque dans la banlieue de Paris, un établissement dont le rôle essentiel est de substituer à l'étude des livres celle des choses. Nulle part, on n'est mieux préparé à ouvrir des voies nouvelles, à embrasser de vastes horizons. C'est là que se forme Buffon, non pas le Buffon styliste, réduit à l'usage de la jeunesse par les professeurs de rhétorique, mais le puissant et profond penseur qui demande à la Terre elle-même l'histoire de sa formation, la devine issue du Soleil, duquel l'aurait détachée toute lumineuse et bouillonnante quelque astre errant, la suit dans son refroidissement et, lorsqu'en elle le feu a achevé son œuvre, la met aux prises avec cette autre puissance formidable de transformation, l'Océan, calcule l'immensité des érosions produites par les vagues, démontre l'étendue des déplacements de la masse des eaux qui jadis submergeaient les montagnes, et, devant l'énormité des dépôts manifestement formés dans ses abîmes, affirme que les jours de la Genèse n'ont pu suffire à une telle édification, que ces jours ont été de longues périodes, les *Époques de la Nature,* au cours desquelles est apparue la vie ; cette apparition a dû être luxuriante, comme l'atteste l'épaisseur des amas de débris végétaux charriés par les anciens cours d'eau et dont l'accumulation a formé la houille. L'*Histoire de la Terre* est donc écrite dans ses flancs et le premier, Buffon a su la lire. Cette œuvre, où tant de grands problèmes ont été agités et souvent résolus, qui fondait une science nouvelle, la Géologie, en prévoyait une autre, la Paléontologie, qui dotait la première d'une méthode à laquelle elle est revenue après un long détour, aurait dû laisser une trace profonde ; éclipsée par l'étincelante Histoire naturelle des animaux qu'elle encadrait, en quelque sorte, elle fut engloutie avec l'ancien régime. Nous devions la rappeler aujourd'hui parce qu'elle éclaire une partie de celle de Lamarck, et parce que le deux-centième anniversaire de la naissance de Buffon est encore tout proche. Ses admirateurs avaient espéré célébrer glorieusement cet événement; si les circonstances ne l'ont pas permis, tout au moins, en même temps que celle de Lamarck, va être livrée à la vénération publique, dans ce Jardin des Plantes qui lui doit son essor, une statue de Buffon, chef-d'œuvre du sculpteur Carlus, qui a su nous conserver l'impressionnante majesté des traits du grand naturaliste.

Avec la Révolution commence une ère nouvelle. Les choses ont changé de nom. Le vieux Jardin des Plantes médicinales est devenu le Muséum national d'Histoire naturelle où tous les professeurs considèrent comme un devoir de reconnaissance de faire hommage à la France renouvelée de quelque découverte, et il n'est pas de branche de la Science où ils n'aient fait, eux aussi, leur révolution. La méthode naturelle des de Jussieu a déjà supplanté le système de Linné ; Haüy fixe les lois de la formation des cristaux ; si Lacépède se borne à imiter de loin l'Histoire des animaux de Buffon, Lamarck et Geoffroy Saint-Hilaire abordent le grand problème de la naissance de la vie et des transformations des êtres, et auprès d'eux, Cuvier, par sa reconstitution des animaux fossiles, crée la Paléontologie rêvée par Buffon. De ces grands hommes, Huxley, le plus illustre après Darwin des naturalistes anglais, a dit : « En France, on considère généralement Geoffroy Saint-Hilaire comme le premier des naturalistes philosophes, mais Buffon et Lamarck sont des géants; Cuvier ne vient qu'après eux. » Les découvertes de Cuvier sont effectivement des découvertes de faits; ses principes philosophiques sont ceux d'Aristote; sa cosmogonie celle de la Genèse; il garde jalousement le trésor d'idées générales acquises avant lui. Geoffroy, du moins, défend une idée philosophique si féconde qu'elle donne aux disciples mêmes de son rival leur méthode de travail; devant une charge à fond de Cuvier, il doit abandonner quelques-unes de ses positions, mais sa retraite est toute semée de brillantes découvertes; l'unité de plan qu'il avait cru apercevoir dans l'organisation des animaux, il la retrouve dans leur développement embryogénique. Ce développement commence et se continue toujours de même, mais il s'arrête plus ou moins tôt; les animaux inférieurs sont simplement ceux qui n'ont pas poursuivi jusqu'au bout une évolution qui n'atteint sa complète réalisation que chez l'homme. Les diverses étapes de l'évolution embryogénique des animaux supérieurs reproduisent donc les formes définitives des animaux inférieurs. C'est encore la loi fondamentale de l'Embryogénie.

Lamarck, comme Buffon, échappe tout à la fois aux philosophes et aux théologiens. C'est un savant qui travaille sur son propre fonds; ses idées générales ne doivent rien à autrui; elles résultent de ses observations et de ses raisonnement personnels. Sa préoccupation constante est la découverte des causes. Le Néant éternel étant plus facile à imaginer que l'existence même de l'Univers, il ne considère pas comme absolument nécessaire de refuser un nom à la cause première, impénétrable et inconnue de tout ce qui existe, ce qui est au fond la seule originalité de l'athéisme; mais il n'admet pas d'intervention capricieuse et personnelle de cette cause. S'il s'incline, suivant une expression qui lui est familière, devant *le Sublime auteur de toutes choses,* ce Sublime auteur est, avant tout, le créateur des substances, des forces et des lois immuables suivant lesquelles s'accomplissent les phénomènes. Ces lois dominent l'évolution du monde sans qu'aucune perturbation soit jamais possible; elles sont les mêmes pour les corps inertes et pour les êtres vivants qui, malgré leurs propriétés particulières, ne sauraient leur échapper; c'est strictement le déterminisme rigoureux sur lequel la Science moderne s'enorgueillit d'avoir assis toutes ses doctrines.

Les substances, les forces, les lois constituent ce que Lamarck appelle aussi *la Nature;* cette Nature impersonnelle et inconsciente n'est, en définitive, que le monde ou plutôt toutes ses puissances en activité, et dans ce sens il peut dire que tous les êtres vivants sont des œuvres de la Nature, de cette nature que d'autres ont qualifiée de *Natura naturans.* Comment, de ces puissances aveugles, la Vie, avec ses conséquences ultimes, l'intelligence et la raison, a-t-elle pu surgir? Lamarck repousse l'idée, si longtemps admise encore après lui, d'un *fluide vital* particulier. Sans doute, les corps vivants, essentiellement formés de substances souples, spéciales et de liquides qui les pénètrent, demeureraient inertes si quelque ressort ne leur apportait le mouvement; mais pourquoi imaginer un fluide nouveau quand la Physique dispose déjà de tant de fluides subtils, « plus nombreux peut-être qu'on ne suppose » et d'une si grande mobilité? La chaleur, en particulier, ne suffit-elle pas à entretenir les substances capables de vie dans un état de tension que l'électricité, sous forme de fluide nerveux, vient ensuite par instants modifier pour produire le mouvement? La matière vivante a la même origine que toute autre; la chaleur, l'électricité sont partout présentes; un acte de création spéciale n'a donc pas été nécessaire pour faire naître la vie, et rien ne s'oppose à ce que les conditions qui lui ont donné naissance puissent être réunies autour de nous. Les premiers organismes ont été fort simples ; ils se sont ensuite graduellement compliqués par l'exercice même de la vie dans les conditions diverses qui ont été réalisées sur le Globe. L'état et l'ordre de choses que produit en eux la vie met d'ailleurs les forces et les lois auxquelles tous les corps obéissent

1 ..

dans des conditions d'action spéciales dont les effets ne sauraient être les mêmes que pour les corps inertes : ainsi les corps vivants se régénèrent sans cesse, et créent des substances qui ne se retrouvent pas en dehors d'eux et qui viennent accroître leur masse.

Précurseur de Claude Bernard, Lamarck ne voit aucune différence essentielle entre les animaux et les végétaux au point de vue des facultés caractéristiques de la vie ; seulement les végétaux ne se nourrissent que de substances fluides, à l'aide desquelles ils préparent des matières composées, aliments exclusifs des animaux qui les élaborent de manière à constituer des substances plus complexes encore qui leur sont propres.

Les êtres vivants n'atteignent jamais qu'à des dimensions limitées ; quand ils les ont atteintes, l'excédent de la nutrition est employé à former une partie qui se sépare de leur corps et constitue peu à peu un nouvel individu semblable à celui d'où elle s'est détachée ; ces gemmes ou bourgeons ne se produisent que chez les organismes très simples. Mais, en général, les matériaux préparés pour la nutrition, et qui sont d'autant de sortes qu'il y a de parties différentes dans un corps, contribuent, en abandonnant chacun quelques particules, à la formation d'un très petit corps organisé, spécialement destiné à devenir un organisme nouveau. Darwin, Hæckel, Weismann, de Vries n'ont pas trouvé de meilleure explication de la transmission des caractères des parents à leurs descendants.

La substance qui forme le corps tout entier des organismes inférieurs est un tissu cellulaire identique à lui-même dans toutes les parties de ce corps, comme on peut l'observer chez les algues submergées. Les mouvements des fluides de la racine aux feuilles et des feuilles à la racine creusent dans le tissu des végétaux terrestres des canaux parallèles fort simples, tandis que les frottements, les compressions, les chocs auxquels le végétal est exposé transforment, à sa surface, le tissu cellulaire en écorce. C'est là toute l'œuvre de la vie chez les végétaux ; cette œuvre est autrement compliquée chez les animaux, en raison de la consistance moindre de leur substance fondamentale et des mouvements plus variés des fluides qu'elle contient ; les compressions plus ou moins énergiques et en sens divers qu'ils exercent sur les différents points du tissu cellulaire y construisent les organes et, parmi ceux-ci, le système nerveux.

Tant que le système nerveux n'existe pas, l'organisation des animaux ne s'élève guère au-dessus de celle des végétaux. Avec le système nerveux apparaissent le sentiment, puis l'intelligence ; dès lors, l'animal devient maître de ses organes ; il les emploie à son gré, en raison des besoins que font naître chez lui les circonstances dans lesquelles il se trouve placé. La persistance des mêmes besoins détermine le fonctionnement habituel de certains organes, le repos de certains autres. Chaque organe acquiert un degré de développement proportionnel à son degré d'activité ; ceux qui n'agissent pas s'atrophient et disparaissent. La diversité des circonstances extérieures entraîne donc la diversité dans l'organisation qui change peu à peu, quand ces circonstances se modifient, et demeure fixe tant qu'elles persistent. Après un temps suffisamment long, les modifications éprouvées par les organes finissent par se perpétuer spontanément de génération en génération ; elles sont devenues héréditaires.

Le système nerveux se développant, d'apathiques les animaux devenant sensibles, puis, intelligents, les besoins ressentis sont plus variés, les actes qu'ils provoquent plus multipliés ; l'organisme va se compliquant, et tous ses progrès s'accomplissent sans que jamais puisse être brisée l'harmonie entre l'organisation des animaux, les actes qu'ils sont capables d'exécuter et le milieu dans lequel ils vivent. Façonnés par ce milieu, ils semblent faits pour lui. Si on les suppose immuables et passifs, ils ne peuvent être que l'œuvre délicate d'une providence miraculeusement prévoyante et soucieuse de distribuer à chacun son rôle dans un univers admirablement machiné d'avance jusque dans les moindres détails. Dans l'hypothèse Lamarck, au contraire, un ordre merveilleux s'établit et se maintient spontanément dans le monde parce que rien n'y est livré au hasard, parce que tout s'y régularise mathématiquement, parce que les forces sont dirigées par des lois jamais transgressées, parce que leurs effets se produisent lentement, mais sûrement, et que rien ne se produit que conformément à ces lois. Il n'y a donc jamais eu de catastrophe universelle, de destruction générale des êtres vivants, comme le pensait Cuvier.

Sans doute, il se fait sur la Terre une effroyable consommation d'existences ; les animaux ne vivent que par le sacrifice de plantes innombrables ; les plus petits d'entre eux sont, en outre, dévorés par les plus gros ; mais leur multiplication est tellement rapide que, sans cet écrasement, le monde finirait par leur appartenir ; ce sont des victimes nécessaires pour que chaque espèce conserve dans l'ordre général la place qui lui revient, pour qu'aucune d'elles ne disparaisse. Les individus meurent, les lignées auxquelles ils appartiennent ne s'éteignent pas. Les espèces que l'on croit perdues se retrouveront sans doute dans quelque région de la Terre actuellement inaccessible ou dans les abîmes immuables et tranquilles de la mer ; mais la plupart se sont modifiées peu à peu de manière à devenir méconnaissables. Elles se transforment sans doute encore ; si nous ne constatons pas actuellement leurs modifications, c'est que par rapport au temps qu'elles mettent à se produire, la durée de chacun de nous n'est qu'un éclair entre la nuit sans commencement qui le précède et la nuit sans fin qui le suit. Tout au plus peut-on admettre qu'en raison de l'exceptionnelle puissance de destruction qu'il possède, l'homme ait fait disparaître quelques grandes espèces, comme les *Palæotherium, Anoplotherium, Megalonyx, Megatherium, Mastodon*.

Nous voilà loin de la doctrine de Darwin et aussi, il faut bien le dire, de la cruelle réalité. La Nature n'est pas aussi maternelle que le pensait Lamarck, et Darwin a de bonnes et frappantes raisons de penser que c'est par la bataille et par la mort qu'un ordre apparent s'établit dans le monde.

Il y a entre les espèces actuelles des vides profonds. Ces vides, suivant lui, marquent la place des victimes de la bataille universelle et sans merci qui est l'inéluctable loi du monde, et dans laquelle il faut vaincre pour vivre. Les organismes se modifient sans cesse, sous l'action de mille circonstances de hasard et par accident, si bien que leurs modifications peuvent être aussi bien en accord qu'en désaccord avec les conditions d'existence qui leur sont imposées. La lutte pour la vie fait disparaître tous les individus mal outillés pour utiliser ces conditions; seuls se multiplient et transmettent par hérédité leurs caractères ceux qui ont eu la bonne fortune de se trouver organisés pour le succès.

C'est par de tels succès, si chèrement achetés, qu'une harmonie violente finit par s'établir entre le monde inanimé et le monde vivant; le progrès est le résultat d'une sélection sans pitié entre individus qui ont usé, pour vaincre, de tous leurs moyens : la force, la ruse, l'audace, la timidité, le courage, l'agilité favorable à la fuite, l'amour maternel, le dévouement, l'égoïsme féroce, la dissimulation, la violence, le poison même, tout ce que nous nommons *qualités* ou *défauts, vices* ou *vertus* a trouvé son emploi dans cette effroyable mêlée, dans cette grandiose épopée de la vie dont nos luttes humaines ont trop souvent et trop fidèlement reproduit l'image. A cette ressemblance la doctrine de Darwin emprunte peut-être une part du caractère de vérité et de profondeur qui lui a si vite valu tant d'assentiments. L'application brutale à nos sociétés d'une pareille théorie du progrès serait la justification de l'individualisme le plus égoïste, la faillite de cette morale scientifique tant prônée. Heureusement, une étude plus profonde des conditions de développement des organismes supérieurs montre qu'à l'origine de leur formation se trouve toujours l'association de parties semblables, que les règles de leur perfectionnement sont la division du travail, l'adaptation réciproque, la solidarité, c'est-à-dire justement les règles que nous avons instinctivement appliquées nous-mêmes à notre développement moral, et que le progrès consiste surtout à rendre chaque individu plus apte à remplir spontanément les devoirs que lui impose vis-à-vis de ses semblables sa qualité de membre d'une société.

La doctrine de Lamarck ne crée pas au moraliste de telles inquiétudes; c'est la glorification sereine du travail et de l'intelligence; aucune part n'y est faite au désordre; le progrès s'accomplit méthodiquement, sans à-coups, sans meurtres inutiles, chacun jouant un rôle pour lequel il s'est formé lui-même, en tenant compte de toutes les circonstances ambiantes, en évitant autant que possible tout froissement; sans les nécessités de l'alimentation, ce serait essentiellement la doctrine de l'ordre et de la paix. Aussi, tandis qu'il a fallu émonder tout ce qu'avaient ajouté au darwinisme des enthousiasmes irréfléchis, les bases de la doctrine de Lamarck se sont graduellement élargies; elle a ouvert à la Science délicate des anatomistes les plus vastes champs de recherches et, reliant les formes des animaux à leurs attitudes habituelles, elle a donné la seule explication fournie jusqu'ici de ces plans d'organisation supposés surnaturels, suivant lesquels serait établi, d'après Cuvier, chacun des embranchements du Règne animal. La doctrine anglaise et la doctrine française sont d'ailleurs demeurées debout, se prêtant un mutuel appui (¹), comme si la collaboration de deux esprits différents, caractéristiques chacun d'un grand peuple, avait été nécessaire pour résoudre le plus angoissant des problèmes

---

(¹) La doctrine de Lamarck suppose qu'il existe entre les formes actuellement vivantes des passages insensibles; or, les espèces actuelles semblent au contraire nettement séparées; c'est ce qui avait empêché des hommes comme Auguste Comte d'admettre l'hypothèse de l'évolution (*Philosophie positive*, t. III, p. 571); Darwin, en expliquant comment les espèces s'étaient isolées les unes des autres, a levé la difficulté.

que se pose l'humanité, celui dont elle a demandé la solution tantôt à des révélations surnaturelles, tantôt aux visions des poètes, tantôt aux efforts des plus grands génies, le problème des origines du monde, de sa propre origine, de sa destinée et de l'avenir de l'Univers.

Après Buffon, Lamarck est un des hommes qui se sont lancés avec la plus inlassable ardeur à la poursuite des solutions, jugées chimériques de son temps, que pouvait comporter ce problème. Il dut à cette ardeur même une partie des mécomptes de sa vie. A ceux que tourmentent de telles énigmes, la lente accumulation des faits ne suffit pas ; ils les rassemblent sans relâche — et Lamarck, sous ce rapport, fut bon ouvrier, — mais, comme disait Buffon, pour en tirer des idées ; et c'est là l'œuvre de l'imagination, de l'imagination qui fait mauvais ménage avec beaucoup de savants, tenue par eux en piètre estime, sinon traitée en ennemie. Lamarck n'avait pas contre elle tant de préventions : « C'est, dit-il, une des plus belles facultés de l'homme ; elle ennoblit toutes ses pensées, les élève... et, lorsquelle atteint un degré très éminent, en fait un être supérieur. Or, le génie n'est autre chose qu'une grande imagination dirigée par un goût exquis..., rectifiée, nourrie et éclairée par une vaste étendue de connaissances, enfin limitée dans ses actes par un haut degré de raison. » Si la littérature ne peut exister sans elle, si elle lui doit le don de nous émouvoir, de nous charmer, de bercer nos douleurs, de nous transporter dans ce monde de choix que rêve chacun de nous et d'où toute laideur est bannie, elle est par cela même, pense Lamarck, redoutable dans les sciences où tout doit être vérité, si elle n'est dominée par une forte raison ; alliée à cette raison, elle est la mère féconde de tous les progrès.

Dans l'éloge historique qu'il a consacré à Lamarck lui-même, Cuvier ne définit pas autrement l'homme de génie, mais il y a pour lui « des génies sans pairs dont les immortels écrits brillent sur la route des sciences comme autant de flambeaux destinés à l'éclairer aussi longtemps que le monde sera gouverné par les mêmes lois ; d'autres d'un esprit non moins vif, non moins propre à saisir des aperçus nouveaux, qui ont eu moins de sévérité dans le discernement de l'évidence. Aux découvertes véritables dont ils ont enrichi le système de nos connaissances, ils n'ont pu s'empêcher de mêler des conceptions fantastiques. Croyant pouvoir devancer l'expérience et le calcul, ils ont construit de vastes édifices sur des bases imaginaires, semblables à ces palais enchantés de nos vieux romans que l'on faisait évanouir en brisant le talisman dont dépendait leur existence. » Telle est, pour lui, l'œuvre de Lamarck, et il l'étudie pour apprendre, aux hommes laborieux qui cherchent à servir la Science sans être capables de la renouveler, « à distinguer par de notables exemples les sujets accessibles à nos efforts et les écueils qui peuvent empêcher d'y atteindre ». Toute la grandeur de l'œuvre de Lamarck réside pour lui dans ses travaux de Botanique, dans ses Mémoires descriptifs de Zoologie et surtout dans son *Histoire naturelle des animaux sans vertèbres ;* en un mot, dans cette série de travaux que Geoffroy Saint-Hilaire caractérisa en décernant, sur sa tombe, à son collègue le titre de *Linné français*.

Le petit soldat de 17 ans qui, à Villingshausen, avait répondu : « Je n'ai pas d'ordres » aux vieux troupiers qui l'engageaient à fuir, avait envisagé de bien autres horizons. Lavoisier venait d'introduire dans la Chimie la précision de ses comptes de fermier général ; il avait dressé le bilan des opérations chimiques et établi que l'opération devait toujours se solder par une exacte balance des éléments en présence. En affirmant que la matière était indestructible, incréable par nos moyens, douée de propriétés inaltérables, la Chimie nouvelle fermait la voie à toute recherche sur ses origines. Or, c'était là, pour l'ardent esprit de Lamarck, le problème intéressant. Pourquoi certains corps mis en présence les uns des autres semblent-ils se détruire réciproquement, pour former un corps nouveau qui ne possède les propriétés ni des uns ni des autres? Pourquoi y a-t-il des corps combustibles et des corps corrosifs? Quelle est la nature des saveurs, des odeurs, des couleurs, du son, de la chaleur, de la lumière, de l'électricité? Rien de tout cela n'est dans la Chimie de Lavoisier, que Cuvier reproche à Lamarck de ne pas connaître. Questions insolubles, dira-t-on, et qu'il vaut mieux, pour un homme de science prudent, laisser sans réponse! Mais quel philosophe s'est jamais astreint à une pareille prudence, et que serait la Science elle-même si elle s'interdisait d'aborder les questions réputées insolubles, ou seulement celles dont la solution peut paraître redoutable pour les préjugés courants? Lamarck croit avoir découvert une cause commune à tous ces phénomènes; pour désigner cette cause, il emprunte à la vieille Chimie et au langage courant le nom de *feu*. Le feu est polymorphe, sans cesse en mouvement; c'est lui qui anime le monde, qui est l'agent de toutes les métamorphoses. Qu'il pénètre les corps et s'accumule dans leur substance, il les rend, suivant sa quantité, combustibles ou corrosifs; qu'il s'en dégage, il les échauffe, les dilate, les liquéfie, les volatilise, les brûle, les calcine, devient sensible sous forme de chaleur ou fait apparaître la lumière avec son prestigieux cortège de couleurs. Celle-ci le domine à son tour; fille du Soleil, elle le refoule dans les corps, et régénère la chaleur dont les conflits avec l'électricité déterminent finalement tous les mouvements de la vie. La vie n'est pas seulement la créatrice des végétaux et des animaux; les êtres qu'elle anime s'emparent de toutes les substances, les élaborent dans leurs tissus, se décomposent quand elle les abandonne, laissant comme résidu les diverses sortes de minéraux qui forment la croûte terrestre.

Les eaux interviennent à leur tour pour remanier cette croûte et en façonner les reliefs. Agitées par les marées que produit l'action lunaire, les mers approfondissent sans cesse leur lit; en conséquence, leur niveau s'abaisse, leur surface se rétrécit, la terre ferme apparaît et s'élève; mais, aussitôt, les eaux pluviales s'abattent sur elle, l'usent, la déchirent, la découpent en vallées que dominent les montagnes, tandis

qu'un dernier effort de la chaleur fait surgir les volcans. Les montagnes les plus hautes ont fait jadis partie de plaines submergées ; les eaux courantes qui les sillonnent de toutes parts portent leurs matériaux dans le bassin des mers, d'où ils sont rejetés sur quelque côte ; de là un déplacement constant de l'Océan qui a peut-être déjà fait plusieurs fois le tour du Globe. Cette transposition ne peut se faire sans que le centre de gravité, et peut-être même l'axe de rotation de la Terre, ne se déplacent, ce qui ne peut manquer de modifier les différents climats. « Le temps, s'écrie Cuvier après avoir exposé ce système, est un facteur nécessaire de toutes ces choses, le temps sans bornes qui joue un si grand rôle dans la religion des Mages et sur lequel M. de Lamarck se repose pour calmer ses propres doutes et répondre aux objections de ses lecteurs. »

La Lune, par son action sur les mers, est donc la principale ouvrière des transformations du Globe. Les croyances populaires sont-elles de simples illusions lorsqu'elles mettent également l'atmosphère sous sa domination ? L'atmosphère n'est-elle pas une mer plus fluide, plus mobile, avec des courants, des vagues, des marées, et ses propres tempêtes ne soulèvent-elles pas celles de l'Océan ? Dès sa jeunesse, dès l'époque où il demeurait si haut, dans une rue si étroite de la montagne Sainte-Geneviève qu'il ne pouvait avoir d'autre distraction que de contempler le ciel, ce problème avait tenté Lamarck. Après avoir classé les diverses formes de nuages et leur avoir donné les noms qu'ils gardent encore, il essaye de fixer les lois des vents, des orages et des tempêtes, de rattacher les mouvements de l'atmosphère non pas tant, comme le vulgaire, aux phases de la Lune qu'aux positions relatives de la Terre et de la Lune sur leurs orbites respectives. Finalement, il prend une telle confiance dans ses calculs, sans cesse remaniés et perfectionnés, qu'il s'aventure à prédire le temps. Il n'est pas le seul à qui cette tentative hardie ait apporté quelque mécompte. Cuvier en profite pour donner à l'auteur de ce vaste système, de ce prodigieux effort qui porte sur la nature entière, une dernière leçon : « Chaque année, dit-il, lui apporte quelque nouveau désappointement, lui apprenant que notre atmosphère est soumise à des influences beaucoup trop compliquées pour qu'il soit encore au pouvoir de l'homme d'en calculer les phénomènes; mais il finit par renoncer à ces ingrates spéculations, en revenant aux études qu'il n'aurait jamais dû négliger. »

Si Lamarck s'était borné aux études auxquelles Cuvier le renvoyait si doctement, il n'aurait pas été le penseur profond, le créateur d'idées neuves, le grand homme enfin auquel nous élevons aujourd'hui un monument. La classification des plantes, celle même des animaux sans vertèbres, si parfaites qu'on les suppose, n'auraient pas eu le don d'émouvoir une humanité toute frissonnante du désir de connaître le monde, de se connaître elle-même; tout se tient dans l'œuvre puissante que nous venons d'analyser; c'est pour avoir médité sur la nature des forces et sur l'évolution de la Terre que Lamarck est arrivé à la notion de l'évolution des êtres vivants.

Au surplus, si la Météorologie a donné quelques leçons de prudence à Lamarck, les progrès de la Science moderne, l'état d'esprit de ceux qui la mènent à ses grandes conquêtes, apprendraient à Cuvier qu'il n'appartient pas au génie lui-même de faire la leçon au génie. Quand deux voyageurs abandonnant les routes tracées s'aventurent dans des régions inconnues, comment celui qui, sous les ardeurs torrides du Soleil, explore, le long de fleuves majestueux, les luxuriantes forêts de l'Afrique, pourrait-il conseiller celui qui escalade les pentes désolées. des montagnes glacées des Pamirs ou du Thibet?

Tout a changé depuis Cuvier : quel crédit possède encore le principe aristotélique des *causes finales* dont il faisait le principe fondamental de l'Histoire naturelle? A côté de cette splendide galerie de Paléontologie créée par le maître éminent qu'était Albert Gaudry, si pieusement développée par son élève préféré, M. le professeur Boule, quel naturaliste oserait appliquer ce *principe de la corrélation des formes,* qui lui servit à reconstituer les animaux fossiles, à la grande admiration de ses contemporains? N'est-elle pas brisée pour jamais cette baguette enchantée qui évoquait dans l'imagination de ses disciples l'écroulement subit des mondes et leur résurrection, l'anéantissement de tous les êtres vivants et leur remplacement par des êtres nouveaux ou par des étrangers venus de réserves établies, par précaution, en divers points du globe, comme autant d'arches de Noé? Qui croit encore à la fixité des espèces ou à la présence dans les œufs d'embryons minuscules qui n'aurait qu'à grandir pour devenir identiques à leurs parents?

Tout cela est tombé, et la Science moderne n'a pas craint d'aborder hardiment les problèmes réputés périlleux sur lesquels a peiné le grand esprit de Lamarck. Elle aussi a cherché à savoir ce que sont les forces, quelle est la cause des propriétés des corps et quelle est l'essence de la matière. Elle a vu les *fluides subtils* de l'ancienne Physique : l'électricité, le magnétisme, la chaleur, la lumière, se transformer les uns dans les autres ou naître simultanément comme s'ils n'étaient qu'une même substance éminemment polymorphe, ainsi que Lamarck concevait le feu ; elle en a découvert d'autres qu'il soupçonnait ; elle a placé leur cause commune dans les tressaillements intimes, rapides et périodiques d'une substance unique, l'Éther, remplissant tout l'espace, et dans laquelle sont, pour ainsi dire, taillés les éléments matériels eux-mêmes. Ceux-ci sont également vibrants, communiquent leurs vibrations à l'Éther et sont influencés par les siennes ; c'est pourquoi les prétendus fluides subtils les combinent ou les séparent et accompagnent de leurs manifestations toutes les réactions qui se produisent entre eux. Depuis Lavoisier, on les croyait immuables et indestructibles, et voilà que sous les effluves du radium ils semblent se transformer et pourraient même disparaître ; la matière ne serait plus éternelle ; en revanche, elle serait une et ne serait pas distincte de la force. Lamarck n'aurait jamais osé aller si loin. La durée du temps dont Cuvier refusait le bénéfice à son confrère s'est indéfiniment allongée de par les consta-

tations des géologues; il a fallu certainement des milliers et des milliers
de siècles pour former les puissantes assises de l'écorce terrestre dont
les plus anciennes, déposées sous les eaux, dépassent dix mille mètres
d'épaisseur, et l'on doit reculer jusqu'à ces époques lointaines l'apparition de la vie; les êtres vivants n'ont pas créé les matériaux de ces
assises, mais ils ont pris réellement une part importante à leur accumulation. La Terre a sans doute fait partie d'un même astre que le
Soleil, comme le pensait Buffon, et, depuis qu'elle s'est consolidée, les
eaux ont bien été les grandes ouvrières des remaniements de sa surface;
l'Océan a promené ses vagues, comme le croyait Lamarck, sur toutes
les parties du Globe; non seulement il a occupé l'emplacement des plus
hautes chaînes de montagnes, mais leurs lignes de faîte ont autrefois
formé ses parties les plus profondes. Les climats ont changé; celui de
notre pays a été tour à tour tropical ou glacial, et l'on ne sait encore
quelle part revient de ces changements aux modifications de forme et de
position de l'orbite de la Terre, au déplacement de son axe de rotation,
au mode de répartition des continents et des mers, ou même au rétré-
cissement du Soleil. Enfin, toute une organisation météorologique
s'évertue à démêler ces lois des mouvements de l'atmosphère que
Lamarck a essayé de saisir; elle n'a évité ses mécomptes qu'en se bor-
nant jusqu'ici à prédire le temps qu'il fait.

Les êtres vivants se transformaient à mesure que se transformait la
surface du Globe qu'ils habitaient. Non seulement d'innombrables
formes qu'on ne connaît plus aujourd'hui, infiniment petits ou
monstres stupéfiants, ont été exhumées, mais souvent leur filiation a pu
être établie, comme l'a fait Albert Gaudry dans ses poétiques *Enchaîne-
ments du monde animal;* et c'est en abandonnant Cuvier, en faisant le
plus large usage des principes de Lamarck, que l'Anatomie comparée
et l'Embryogénie sont parvenues à donner les lois de ces transformations
et à en déterminer les causes, auxquelles l'Homme lui-même ne paraît
pas avoir échappé.

Devant ce renversement général des idées que l'opinion commune considérait comme inébranlables du temps de Cuvier, on peut se prendre à douter de tout ce que la Science croit avoir établi de vérités. Les mathématiciens n'y voient aucun inconvénient; si demain les lois du monde venaient à changer, ils ont des formules toutes prêtes pour expliquer ce qui arriverait, ou tout au moins en rendre compte après coup. Penchés sur la matière, plus étroitement liés à ses contingences, les autres savants se résigneraient moins facilement, et ils espèrent que l'œuvre édifiée par leur patience et leur courage, à travers tant de vicissitudes, n'est pas de celles que l'anéantissement d'un talisman fait disparaître. Sans doute, les hommes de génie qui l'ont construite n'en ont pas façonné d'un seul coup les matériaux : tous se sont trompés, même le génie sans pair de Cuvier; tous se tromperont toujours parce que tous ont une imagination puissante, et qu'une telle imagination entraîne toujours trop loin dans le domaine du rêve; mais tous ont agrandi le domaine de la Science parce qu'ils disposaient d'une ample provision de faits, amassée avant eux ou par eux, et d'une forte raison pour en tirer le meilleur parti. C'est aux modestes que nous sommes à dégager de leurs écrits, avec une respectueuse admiration, les vérités définitives qu'ils contiennent, et notre reconnaissance doit aller tantôt à leur imagination, tantôt à leur raison.

En parlant de l'œuvre philosophique de Lamarck, Cuvier disait : « Un pareil système appuyé sur de pareilles bases peut amuser l'imagination d'un poète; un métaphysicien peut en dériver toute une génération de systèmes, mais il ne peut soutenir l'examen de quiconque a disséqué une main, un viscère ou seulement une plume. » Le grand anatomiste, le savant d'esprit positif qui s'enorgueillissait de ne jamais dépasser les faits se trompait, et c'est encore une fois le *pêcheur de Lune* qui avait raison.

DISCOURS

M. L. GUIGNARD

MEMBRE DE L'INSTITUT.

———

MONSIEUR LE PRÉSIDENT DE LA RÉPUBLIQUE,

MESSIEURS,

L'Académie des Sciences, à laquelle Lamarck a appartenu en qualité de botaniste, ne pouvait manquer de se faire représenter à cette cérémonie, et, en l'absence de l'éminent doyen de sa Section de Botanique, elle m'a chargé d'apporter son hommage à l'un des plus grands naturalistes dont la France s'honore.

L'œuvre de Lamarck embrasse l'Histoire naturelle presque tout entière. Cependant, quel qu'ait été l'intérêt de ses travaux dans le domaine de la Botanique, son principal titre de gloire, celui qui l'illustrera à jamais, c'est d'avoir, le premier, donné à l'hypothèse de la descendance la valeur d'une théorie scientifique, et de l'avoir prise pour base de l'étude des êtres vivants.

Ce n'est pas, il est vrai, dans les connaissances que l'on possédait, en son temps, sur le monde végétal, que Lamarck aurait pu trouver ses arguments les meilleurs à l'appui de ses idées sur l'évolution ; mais, à d'autres points de vue, son œuvre botanique n'en offre pas moins une haute importance.

Au commencement du XVIIIᵉ siècle, Tournefort avait rendu la Botanique populaire, et par le système relativement simple qu'il fonda sur la fleur, et par la création des genres, pour la première fois scientifiquement décrits et distingués par d'exactes figures. Une trentaine d'années après, l'étude des plantes était rendue moins artificielle et tout aussi accessible à la multitude par l'ingénieux système sexuel de Linné, dont la nomenclature avait en outre l'inestimable avantage de fournir une langue commune aux savants de tous les pays. Dans le cadre artificiel imaginé par l'immortel Suédois, il avait paru d'abord que toutes les plantes dussent se ranger aisément, d'après un petit nombre de caractères empruntés à la fleur et judicieusement choisis. Mais, à mesure qu'augmentait le nombre des plantes connues, les cadres trop étroits qui servaient de base au système laissaient apercevoir de plus en plus leur insuffisance.

A cette époque, la Botanique française, quelque peu laissée dans l'ombre par l'éclatante renommée de Linné, paraissait se recueillir, comme pour la production de quelque œuvre magistrale, et grandissait obscurément dans deux foyers que l'Europe eût pu considérer comme éteints. L'un d'eux était le Jardin du Roi, presque silencieux après que Tournefort eût cessé de parler, et où travaillait cependant Sébastien Vaillant, Fagon, Lemonnier, que l'on peut considérer comme les précurseurs de la race des Jussieu. L'autre, plus jeune en renommée, était ce petit parterre de Trianon, dont la création semble avoir été le caprice d'un roi désœuvré, mais où devait se révéler la dynastie des Jussieu, et qu'on s'est plu à considérer comme le berceau de ce qu'on appelle la *méthode naturelle*.

Lamarck, qui s'était passionné pour l'étude des plantes en assistant aux démonstrations de Bernard et d'Antoine-Laurent de Jussieu, se révéla tout à coup comme un maître, en publiant, en 1778, la première *Flore française* véritablement digne de ce nom.

Là, tout était nouveau : classification d'un emploi plus facile et plus sûr que tous les systèmes antérieurs; nomenclature binaire à la fois

française et latine ; descriptions claires et précises, différenciant nettement les genres et les espèces.

Mais, ce qui constitue la caractéristique de cet Ouvrage, c'est moins
peut-être la valeur des descriptions que l'originalité de la méthode
inaugurée par l'auteur. Cette méthode nouvelle, que l'on désigne sous
le nom de *clé dichotomique,* allait devenir désormais l'indispensable
complément des flores de tous les pays.

L'Ouvrage de Lamarck répondait à l'un des besoins les plus vive-
ment et les plus généralement sentis ; aussi eut-il un succès immense.
Il paraissait d'ailleurs au moment où l'exemple de J.-J. Rousseau et
l'enthousiasme qu'inspirait cet homme extraordinaire avait fait de la
Botanique une science à la mode. Grâce à Buffon, alors intendant du
Jardin du Roi, la *Flore française* fut imprimée aux frais de l'État, qui
en concéda même la vente à l'auteur.

Un an après, Lamarck entrait à l'Académie des Sciences dans la
Section de Botanique ; il avait alors 38 ans.

L'estime de Buffon lui valut ensuite l'avantage d'obtenir du roi la
mission de visiter les Jardins botaniques et les collections les plus
célèbres de l'Europe, et d'acquérir pour le Jardin des Plantes les objets
curieux ou rares qu'il pourrait rencontrer. Il parcourut ainsi, pendant
deux ans, la Hollande, le Hanovre, l'Allemagne et la Hongrie, et noua
des relations avec les savants les plus en renom des pays étrangers.

De retour en France, Lamarck assume la lourde charge de la
publication du *Dictionnaire de Botanique* de *l'Encyclopédie* commencée
par Diderot et d'Alembert ; puis il lui donne comme complément cette
remarquable *Illustration des genres,* comprenant la description de
2000 genres de plantes, accompagnée de 900 planches, que les botanistes ne cessent de citer et de consulter encore de nos jours. Com-
mencé en 1783, continué jusqu'en 1804, puis repris par Poiret, qui
le termina en 1837, cet Ouvrage, avec les illustrations qui l'ont rendu

si précieux, est le seul qui ait donné une description exacte, souvent très élégante, consciencieuse toujours, de tous les végétaux découverts à cette époque, et, sans lui, les plantes exotiques de nos collections eussent été à peine connues. Ce recensement descriptif de toutes les richesses botaniques, alors rassemblées dans les collections vivantes ou sèches, est certainement l'un des plus grands services que Lamarck ait rendus à la Science, et l'on s'étonne presque qu'il ait osé l'entreprendre.

La France tenait alors en Europe le sceptre de la Botanique. Pendant les années qui suivirent la publication de ces grands Ouvrages, tous les botanistes du monde concouraient par leurs envois à enrichir les collections du Jardin des Plantes de Paris, véritable foyer central de l'Histoire naturelle en Europe.

C'était l'époque où la constitution des familles naturelles et leur groupement, en un cadre susceptible d'en montrer les affinités, préoccupaient au plus haut point les esprits. Lamarck, d'abord absorbé par l'établissement de sa clé dichotomique, puis par tant de travaux descriptifs, négligea-t-il ce côté philosophique de la Science, qui convenait si bien à son esprit? A lire les chapitres afférents aux classifications dans nombre de Traités didactiques ou de Dictionnaires d'Histoire naturelle, on serait presque tenté de le croire, mais à tort. Pouvait-il rester indifférent aux innovations dont il était le témoin, lui, le contemporain d'Adanson, qui publiait ses *Familles naturelles* en 1763; de Bernard de Jussieu, qui établissait les siennes au Jardin de Trianon vers la même époque; d'Antoine-Laurent de Jussieu, qui énonçait pour la première fois ses principes en 1774, dans son *Exposition d'un nouvel ordre de plantes adopté dans les démonstrations du Jardin royal;* puis, en 1789, dans le célèbre *Genera plantarum,* dont l'apparition allait révolutionner la Botanique, et qui, dit-on, curieuse coïncidence, sortait des presses de l'imprimerie le jour même de la prise de la Bastille ?

Loin de rester étranger au mouvement qui se dessinait de toutes parts en faveur de la méthode naturelle, Lamarck exposait à l'Académie des Sciences, en 1785, et, l'année suivante, dans le premier volume du *Dictionnaire,* un arrangement des familles tel, dit-il, que « les deux extrémités de la série devaient être occupées par les êtres les plus dissemblables ». On reconnaît bien là un des principes de la méthode naturelle et de la gradation organique des genres et des espèces.

Entre les classes et les familles établies par Lamarck d'une part, par A.-L. de Jussieu d'autre part, il existait des ressemblances frappantes ; et c'est justice de rappeler la part que le premier de ces deux hommes illustres a prise à la grande réforme botanique de la fin du xviii* siècle.

Les circonstances allaient d'ailleurs imprimer aux études de Lamarck une orientation nouvelle et, en même temps, l'obliger de confier à un jeune collaborateur, dont l'avenir s'annonçait des plus brillants, le soin de publier la troisième édition de la *Flore française.* On ne saurait omettre de dire, à ce propos, que ce débutant, qui rendit illustre le nom des de Candolle, avait puisé l'amour de la Botanique dans les œuvres de Lamarck : « C'est vous, Monsieur, lui écrivait-il, qui avez tracé la route ; c'est vous qui m'avez engagé à y entrer et qui m'avez fourni les moyens de vous y suivre. »

On était alors en 1793. La Convention nationale, organisant l'enseignement à tous les degrés, reconstituait, sur la proposition de Lakanal, le Jardin du Roi sous le nom de *Muséum d'Histoire naturelle.* Les anciens démonstrateurs se partageaient les chaires qui venaient d'y être créées. Celles de Botanique furent occupées, comme auparavant, par Desfontaines et A.-L. de Jussieu. Seule, la chaire de Zoologie restait sans titulaire. Lakanal comprit qu'un seul professeur ne pouvait s'occuper du règne animal tout entier. A Étienne Geoffroy Saint-Hilaire, âgé de 21 ans, on confia le classement des Vertébrés. Restait la masse disparate et chaotique de tous les autres animaux, dans laquelle Linné avait presque renoncé à introduire l'ordre méthodique qu'il avait si bien établi pour les animaux supérieurs. Lamarck reçut ce lot en partage.

Que cet enseignement ne lui ait été abandonné, comme on l'a dit, que par dédain, ou bien parce que là tout était à créer, et que lui seul en semblait capable, il importe peu aujourd'hui. Ce qu'on sait, c'est qu'à l'âge de près de 50 ans Lamarck apporta, dans ses études nouvelles pour lui, l'ardeur inlassable et l'esprit pénétrant dont il avait déjà donné tant de preuves. « De botaniste éminent, a dit Geoffroy Saint-Hilaire, il se fit zoologiste illustre. » C'est là, en effet, qu'il allait déployer toute l'étendue de son génie,

Si l'on songe que la *Philosophie zoologique*, ce Livre de « première force », selon l'expression de Blainville, a paru en 1809 et que la publication de la grande *Histoire naturelle des animaux sans vertèbres* commença en 1815 pour ne se terminer qu'en 1822, on ne s'étonnera pas que Lamarck ait concentré, comme il le devait, sur ces œuvres capitales, toutes ses recherches et ses méditations.

C'est dans la *Philosophie zoologique,* lorsque ses études sur les plantes et surtout sur les animaux l'eurent préparé à aborder le sujet, qu'il posa pour la première fois le passionnant problème de l'origine et de l'évolution des formes organiques. Comme tous les grands naturalistes, il avait compris que, sous peine d'abaisser la Science aux proportions d'un simple catalogue descriptif, l'Histoire naturelle ne doit pas se restreindre à l'étude des formes diverses que nous présente l'ensemble des êtres vivants ; mais que, prenant ce travail préliminaire pour point de départ indispensable, le savant doit porter ses regards au delà et chercher à se rendre compte de la cause qui produit toutes ces différences apparentes.

Pour Lamarck, la notion de l'espèce, telle qu'elle est généralement admise, est en désaccord avec les faits, et la stabilité dont les formes organiques nous semblent douées n'est qu'une stabilité relative. Les formes animales et végétales, que nous distinguons en espèces, n'ont qu'une existence temporaire, et les variétés sont des espèces en voie de formation.

La base essentielle de l'hypothèse lamarckienne, c'est l'influence du milieu sur les êtres vivants ; aux variations déterminées par le milieu correspondent des variations adaptatives dans la structure, et ces dernières peuvent se transmettre par hérédité.

Si, à côté de principes admirables et de faits solidement établis, on relève des vues erronées, qui provenaient surtout du peu d'avancement des sciences à l'aurore du XIXᵉ siècle ; s'il a fallu que Darwin, avec son ample moisson de faits et son ingénieuse explication de la variation progressive, vînt tirer le transformisme de l'oubli dans lequel il était injustement tombé depuis 50 ans, l'honneur d'avoir conçu et pour la première fois exposé l'idée de l'évolution n'en appartient pas moins à Lamarck.

Le transformisme a pénétré comme un ferment dans le monde scientifique et suscité de toutes parts des travaux qui ont renouvelé la face des sciences naturelles. En Botanique, comme en Zoologie ou en Géologie, il ne se produit presque aucun travail de valeur qui ne procède ou ne tienne compte de cette grande conception.

Mais je n'ai pas à m'étendre sur la partie philosophique de l'œuvre de Lamarck, elle vient de nous être éloquemment exposée ; mon but était seulement d'essayer de montrer la haute valeur de cette œuvre au point de vue de la Botanique descriptive : sous ce rapport, elle le met pour ainsi dire hors de pair.

Lamarck appartient à cette pléiade d'hommes supérieurs, les Linné, les Buffon, les Haller, etc., dont la vaste intelligence refusait de se confiner dans les limites d'une science unique. Sa pénétrante vision des rapports qui existent entre les êtres vivants, et entre ces êtres et leurs milieux, suffit à le placer parmi les plus ingénieux et les plus puissants esprits du siècle dernier. Son nom et son œuvre resteront impérissables.

DISCOURS

DE

M. YVES DELAGE

MEMBRE DE L'INSTITUT.

Monsieur le Président de la République,

Messieurs,

Lamarck ! Darwin !

De ces deux hommes on a fait les deux termes d'une antithèse. On est pour celui-ci ou pour celui-là. Se prononcer pour le premier, c'est se déclarer contre le second. On les oppose l'un à l'autre, on les compare comme deux athlètes qui sont descendus dans l'arène aux Jeux olympiques et entre lesquels il faut choisir pour décerner la palme.

Il serait plus juste de voir en eux deux champions de la même cause, ayant combattu pour le triomphe de la même idée, ayant acquis les même droits à notre reconnaissance.

Avant Lamarck, on croyait — conception enfantine — que chaque espèce devait son origine à un acte spécial d'un Dieu créateur : on admettait cela sans discussion, sans même entrevoir l a possibilité d'une explication plus scientifique. Dans le domaine de la Biologie, la pensée humaine se traînait dans une ornière profonde. Lamarck l'en dégage et lui donne son essor, en proclamant que les espèces dérivent les unes des autres par les voies ordinaires de la génération, sans cesse modelées sous la pression des conditions ambiantes.

Cette idée lumineuse est, pour lui, si évidente qu'il lui paraît presque superflu de la démontrer. S'il cite des faits, c'est plutôt à titre d'exemples qu'à titre d'arguments : il ne croit pas utile de forger un système complet, inattaquable, tenant compte de toutes les circonstances, répondant à toutes les objections.

Darwin n'a pas à créer l'idée transformiste ; mais il la travaille, la précise, lui fournit l'appui d'une documentation formidable, où ses observations personnelles tiennent la plus grande place ; il la fait presque sienne en découvrant la sélection, voie nouvelle par où les conditions ambiantes peuvent se frayer accès jusqu'aux espèces existantes, pour les façonner et les transformer en espèces nouvelles.

Sans lui, l'idée lamarckienne n'aurait sans doute aujourd'hui pour adeptes qu'une petite élite de penseurs. Grâce à lui, toutes les résistances ont été vaincues : il n'y a plus de réfractaires.

Le combat est terminé entre transformistes et non-transformistes. S'il y a lutte encore entre néo-lamarckiens et néo-darwiniens, que ces divergences secondaires ne nous fassent pas oublier la concordance fondamentale des idées.

Si Lamarck eût vécu, il eût peut-être accepté l'explication darwinienne du transformisme, et cela n'eût en rien diminué la grandeur de son rôle.

Au-dessus des débats entre transformistes, il y a l'idée transformiste elle-même.

Cette idée, c'est l'œuvre de Lamarck, et elle est si grande qu'elle éclipse tout le reste.

La solution lamarckienne du problème du transformisme ne contient pas toute la vérité. Il en est de même de la solution darwinienne. D'autres explications ont été proposées, d'autres le seront encore, qui auront leur jour de gloire et sans doute leur déclin.

Mais de chacune d'elles une parcelle survivra, et de ces parcelles se constituera la vérité finale.

Qu'importent ces épisodes !

Sur toutes ces fluctuations surnage, impérissable, la grande idée de Lamarck et se dresse, immortelle, la grande figure de Darwin.

Cessons donc d'opposer l'un à l'autre ces deux génies !

Cessons de rapetisser ces deux colosses en les faisant passer sous la toise !

Lamarck n'est-il pas assez grand par lui-même et faut-il, pour le grandir encore, humilier devant sa statue ceux dont les noms méritent de figurer auprès du sien dans l'histoire de la Biologie ?

Laissons à chacun sa gloire !

Celle de Darwin est immense.

Mais, disons-le bien haut, jamais la pensée humaine ne s'est, par un plus sublime effort, affranchie des entraves de la routine et du préjugé, jamais elle ne s'est élevée plus haut dans les régions sereines du Vrai et du Beau, que le jour où le cerveau de Lamarck enfanta l'idée transformiste !

PARIS. — IMPRIMERIE GAUTHIER-VILLARS.

43070   Quai des Grands-Augustins, 55.

www.ingramcontent.com/pod-product-compliance
Lightning Source LLC
Chambersburg PA
CBHW060851180626
46818CB00004B/1655